LE
TREBVCHEMENT
DE L'YVRONGNE.

A PARIS,

M. DC. XXVII.

TREBVCHEMENT
DE L'YVRONGNE.

Vous de qui la gloire à nul'e autre seconde
Sur laisse des beaux vers vole par tout le
monde,
Qui n'aspirans à rien qu'à l'immortalité
Ne languissez iamais dedans loisiueté,
Quittez vn peu ce soin de vouloir tousiours viure
Qui vous tient iour & nuit collez dessus vn liure.
Bacchus veut des honneurs aussi bien qu'Apollon,
Vne table vault mieux que le sacré vallon,
Et les charmes d'vn Luth ou bien d'vne Guiterre
Nont rien de comparable aux delices d'vn verre
De qui la melodie & le doux cliquetis
Sçauent l'art d'attirer Iuppiter chez Thetis,
Lors que solicité de son humeur plus douce
Auecque tous les Dieux il veut faire carousse.

Amis, soyons touchez d'vn semblable desir,
Ne mesurons le temps qu'aux regles du plaisir,
Et ne nous plongeans point dans ces vaines pensees
Des choses aduenir ny des choses passees,
Sans que pas vn de nous face le suffisant
Arrestons nos esprits aux choses du present.

Iouïssons du bon-heur que le ciel nous octroye,
Sacrifions au Dieu qui preside à la ioye,
Et sans parler des Roys ou bien des Potentats
Ny du desreiglement qu'on voit dans leurs estats,
Ny des diuers aduis du Conseil des Notables,
Ne nous entretenons que de mots delectables,
Et tous expedions en nos particuliers
Plus de verres de vin qu'ils ne font de cahiers.

Les sages Anciens dont les Academies
Ont souuent resueillé nos ames endormies,
Ont dit que nous sentions quatre sainctes Fureurs
Agiter nos esprits de leurs douces erreurs,
Les Muses, Apollon, l'Enfant que Cypre adore,
Et le Dieu qui dompta les peuples de l'Aurore:
Qu'auiourd'huy, chers Amis, l'amoureuse liqueur
De ce diuin Nectar agite nostre cœur,
Que ce puissant Demon qui preside aux bouteilles
Soit l'vnique sujet de nos plus longues veilles,
Et quand la soif viendra troubler nostre repos
Courons alaigrement l'esteindre dans ces pots
Plus viste que tous ceux de nostre voisinage
Ne coururent à l'eau pour appaiser la rage
De l'infame Vulcan dont le traistre Element
Embraza de Themis l'orgueilleus bastiment.

Si ces vieux Cheualiers qui couroient par le monde
Ont esté renommez pour vne table ronde,
Nous qui suiuons l'Amour & reuerons ses loix,
Faisons tous auiourd'huy de si vaillans exploits,

Qu'on appelle en tous lieux ceſte trouppe honoree
Les braues Champions de la table quarree.
Mais c'eſt trop diſcourir ſur le point d'vn aſſaut,
Amis, aduancez vous tandis que tout eſt chaud,
Voyez vous point ces plats d'vne odeur parfumee
Eſpandre autour de nous vne douce fumee,
Que l'air de noſtre haleine eſleue dans les Cieux
En guiſe d'vn Encens que nous offrons aux Dieux?
Pour moy qui ſuis contraire à ceſte Tirannie
Qui ſeconde les loix de la ceremonie,
Ie me ſieds le premier en ceſte place icy,
Deſpeſchez mes Amis, aſſeiez vous auſſi,
Ou vous irriterez le feu de ma colere
Qui ne s'appaiſera que dans la bonne chere.
Que ces mets delicats ſont bien aſſaiſonnez!
Que ce vin eſt friant. qu'il va peindre de nez
D'vne plus viue ardeur que la plus belle Dame
N'en alluma iamais dans le fonds de noſtre Ame.
Inſpiré de Bacchus qui preſide en ce lieu
Ie vuide ceſte taſſe en l'honneur de ce Dieu,
Quoy pour auoir tant beu ma ſoif n'eſt appaiſee.
Ie la veux rendre encor quatre fois eſpuiſee.
Amis, c'eſt aſſez beu pour la neceſſité,
Ne beuuons deſormais que pour la volupté.
Que chacun à ce coup ſes temples enuironne
Des replis verdoyans d'vne belle couronne
De pampre, de lierre, & de myrthes auſſi,
Il n'eſt rien de plus propre à charmer le ſoucy.

Et si malgré l'hyuer qui rauit toutes choses
On peut trouuer encor des oeillets & des roses,
Semons en ceste place, ornons en ce repas,
Non pource que l'odeur en est plaine d'appas,
Mais pource que ces fleurs n'ont rien de dissemblable
A la viue couleur de ce vin tant aimable,
Qui resiouit nos yeux de son pourpre vermeil,
Et iette plus d'esclat que les rais du Soleil.

Profanes loing d'icy, que pas vn homme n'entre
S'il est du rang de ceux qui n'ont soin de leur ventre,
Qui fraudent leur Genie, & d'vn cœur inhumain
Remettent tous les iours à viure au landemain.
Mal-heureux en effect celuy-là qui possede
Des biens & des thresors & iamais ne s'en ayde,
Tandis qu'on a le temps auecque le moyen
Il faut auec raison se seruir de son bien,
Et suiuant les plaisirs ou l'age nous conuie
Gouster autant qu'on peut les douceurs de la vie.
Quand nous aurons faict ioug à la loy du trespas
Nous ne iouirons plus d'aucun plaisir la bas,
Nous n'aurons plus besoin de celliers ny de granges
Pour enfermer nos bleds & serrer nos vendanges,
Mais tristes & pensifs accablez de douleurs
Nous ne viurons plus lors que de l'eau de nos pleurs.

Chers amis laissons là ceste Philosophie,
Que chacun à lenuy l'vn l'autre se deffie
A qui rendra plustost tous ces vaisseaux taris,
Six fois ie m'en vas boire au beau nom de CLORIS,

CLORIS le seul desir de ma chaste pensee,
Et l'vnique suject dont mon ame est blessee,
Lydas, verse tout pur, puisque la pureté
A tant de sympathie auec ceste Beauté,
Et puis ne sçais-tu pas que l'Element de l'onde
Est la marque tousiours d'vne humeur vagabonde?
Si ie bois iamais d'eau qu'on m'estime vn oyson,
Que personne en beuuant ne me face raison,
Que tout autant que l'eau mon vers deuienne sade,
Que mon goust depraue rende mon corps malade,
Que iamais de beauté ne me face faueur,
Que l'on me mõstre au doitg cõme vn pauure beuueur,
Enfin qu'aux Cabarets pour ma honte derniere
On escriue mon nom soubs celuy de Chaudiere.
    Certes ie hais ces mots qui finissent en eau
Si ieusse esté Ronsard i'eusse berné Belleau
Quand sobre il entreprit ceste belle besongne
D'interpreter les vers de ce gentil Yurongne,
Qui dans les mouuemens d'vn esprit tout diuin
Honnora la vandange, & celebra le vin.
    Mais à propos de vin, Lydas reuerse à boire,
Aussi bien ce piot rafraischit la memoire,
Il faict rire & chanter les plus sages vieillars,
Il leur met en l'esprit mille contes gaillards,
Et quoy que l'on ait dit de la faueur des Muses
Il inspire le don des sciences infuses,
Si bien que tout à coup il arriue souuent
Que l'ignorant par luy deuient homme sçauant,

Nostre Arcandre le sçait qui pour aymer la vigne
Passe desia par tout pour un poete insigne,
Arcandre qui iamais ne fait rien de diuin
S'il n'a dedans le corps quatre pintes de vin,
    Ah ! que i'estime heureux l'amoureux d'Isabelle
Non pource qu'il adore vne fille si belle,
Non pour ce que les rais qui partent de ses yeux
Rendent plus de clarté que le flambeau des Cieux,
Non pource que dans l'or de sa perruque blonde
Elle tient enchaisné le cœur de tout le monde,
Non pource qu'à Paris elle à tant de renom,
Mais pour ce qu'elle a tant de lettres en son nom,
Et que l'affection que cet Amant luy porte
A tant de mouuemens, est si viue & si forte,
Qu'il ne peut faire moins que de boire huit fois
Au nom de cét obiect qui le tient soubs ses loix.
Pour moy soit qu'ō me blasme ou biē que l'ōn me prise,
Ie veux changer le nom de CLORIS en CLORISE,
Ou bien prēdre CLORINDE ou d'autres mots choisis,
Fais en, mon cher Aminte, autant de ton ISIS,
Cela luy tiendra lieu d'vne nouuelle offrande,
Ce nom est trop petit & ta soif est trop grande.
    Mais insensiblement ie ne m'aduise pas
Que la force du vin debilite mes pas,
Ie sens mon Estomac plus chaud que de coustume,
Ie ne sçay quel brasier dans mes veines s'alume,
Ie commence à doubter de tout ce que ie voy,
La teste me tournoye & tout tourne auec moy,

Ma

9

Ma raison s'esblouït, ma parolle se trouble,
Comme vn nouueau Penthé ie vois vn Soleil double,
I'enten dedans la nüe vn tonnerre esclatant
Ie regarde le Ciel & ny vois rien pourtant,
Tout tremble soubs mes pieds, vne sombre poussiere
Comme vn nuage espais offusque ma lumiere,
Et l'ardante fureur m'agite tellement
Qu'auecque la raison ie perds le sentiment.
Euoé ie frémis, Euoé ie frissonne,
Vn vent dessus mon chef esbranle ma couronne,
Et ie me trouue icy tellement combatu
Que ie tombe par terre & n'ay plus de vertu.
    Puissante Deité, mon vainqueur, & mon maistre,
Si tu m'as autresfois aduoué pour ton Prestre,
Si iamais tu m'as veu plus – qu'aucun des mortels
Espandre au lieu d'Encens du vin sur tes Autels,
Racé de Iuppiter, digne enfant de Semele,
Appaise la fureur qui m'accable souts elle,
Dissipe les vapeurs de ce bon vin nouueau
Qui tempeste qui boult au creux de mon cerueau,
Rends plus fermes mes pas, modere ta furie,
Donne moy du repos, ô Pere ie t'en prie
Par ton Thyrse couuert de pampres tousiours vers,
Par les heureux succes de tes trauaux diuers,
Par l'effroiable bruit de tes sainctes Orgies,
Par le trepignement des Menades rougies,
Par le chef herissé de tes fiers Leopars,
Par l honneur de ton nom qui vole en toutes parts,

Par la solemnité de tes sacrez mysteres,
Par les cris redoublez des festes Trieteres,
Par ta femme qui luit dans l'olympe estoillé
Par le Bouc qui te fut autresfois immolé,
Par les pieds chancelans du vieux pere Silenc,
Bref par tous les appas de ce vin de Surene.
    Ainsi dit Cerilas d'vn geste furieux
Roüant dedans la teste incessamment les yeux;
Bacchus qui l'entendit, d'vn bruit espouuantable
Fit trembler à l'instant les treteaux & la table
Sans que les vases pleins de la liqueur du Dieu
Fussent aucunement esbranlez en ce lieu,
Tesmoignage certain qu'il ne mit en arriere
De son humble Subiect la deüote priere,
Et de faict luy sillant la paupiere des yeux
Il gousta le repos d'vn sommeil gratieux.

G. COLLETET.

AVTRES GAYETEZ DE CARESME PRENANT,
Par le mesme Autheur.

SARABANDE.

Les parolles ont esté accommodees à l'Air qui estoit faict.
Dialogue d'vn Amant & d'vn Yurongne.
L'vn parle à sa Maistresse, & l'autre à sa bouteille.

L'AM. *Rien ne contente si fort ma vie*
Que le bon-heur de voir Siluie
L'YV. *Rien ne chatoüille tant mon oreille*
Comme le son de ma bouteille

L'AM. *Chere Siluie quand ie t'accolle*
L'aise m'estouffe la parolle.
L'YV. *Quãd ie t'embrasse l'on m'entẽd dire*
Tousiours mille bons mots pour rire.

L'AM. *Plus ie t'adore ma chere Dame,*
Plus i'ay de feu dedans mon Ame.

B ij

L'Yv.   *Plus ie carresse ton doux breuuage*
         Plus i'ay de feux sur le visage.

L'Am. *Chere Siluie quoy qu'on en dise,*
         Aymer tousiours c'est ma deuise.
L'Yv.   *Chere bouteille ma douce guide,*
         Ma deuise est Plus plein que vuide.

L'Am. *Afin ma belle que ie te berse*
         Laisse toy choir à la renuerse.
L'Yv.   *Tien toy bouteille tousiours dressee,*
         Sinon ma ioye est renuersee.

L'Am. *Ainsi sans cesse ma chere Dame,*
         Ton beau pourtrait viue en mon Ame.
L'Yv. *Ainsi sans cesse sans qu'autre y touche*
         Ta liqueur soit dedans ma bouche.

A DIEV AVX MVSES.

SONNET.

Certes il faut auoir l'esprit bien de trauers
Pour suiure en ce tẽps cy les Muses à la trace
Les Gueuses qu'elles sont mettent à la besace
Ceux à qui leurs secrets ont esté descouuers.

Depuis que iay trouué la fontaine des vers,
Le bien s'enfuit de moy, le mal-heur me pourchasse
Ie n'ay pour aliment que les eaux de Parnasse,
Et n'ay pour tout couuert que des feuillages vers.

Ingrates Deïtez, cause de mon dommage,
Le temps & la raison me font deuenir sage,
Ie retire auiourd'huy mon espingle du ieu.

Ie prefere à vos eaux vn traict de maluoisie,
Ie mets pour me chauffer tous vos lauriers au feu,
Et me torche le cu de vostre Poësie.

EMONSTRANCE A VN
Poëte beuueur d'eau.

SONNET.

N vain, pauure TIRCIS, tu te romps le cerueau
Pour paruenir au point des choses pl° parfaittes,
Tu ne seras iamais au rang des bons Poëtes
i comme les oysons tu ne bois que de l eau.

Pren moy ie t'en coniure vn trait du vin nouueau
Que le Cormié recelle en ses caues secrettes,
ù passeras bien-tost ces antiques Prophetes
Qui sauuerent leur nom de la nuit du tombeau.

Bien que dessus les bords d'vne viue fontaine
Les Muses ay'nt choisi leur demeure certaine,
Les fines qu'elles sont pourtant n'y boiuent pas;

Là soubs des lauriers verds, ou plustost soubs des
trelles,
Le vin le plus friant preside en leur repas,
Et l'eau n'y rafraischit iamais que les bouteilles.

FANTASIE, SVR DES DIVERSE
PEINTVRES DE PRIAPE.

SONNET.

Svr les riues de Seine vne ieune Dryade
Lasse d'auoir reduit vn Sanglier aux abois,
Se reposoit vn iour à l'ombrage d'vn bois
Sans craindre le peril d'vne fine embuscade.

Priape qui la vid fut pris de son œillade,
L'arreste & veult sur elle attenter ceste fois,
Mais elle qui resiste aux amoureuses loix
Desdaigne cet Amant si laid & si maussade.

Lors pensant amolir ceste Diuinité
Il change sa laideur & sa diformité,
Et prend nouuelle forme ainsi que fit Protee.

Mais la Natvre en luy plus puissãte que l'A
Ne se put pas cacher soubs sa forme empruntee,
Car tousiours à la Qveve on cognut le Regnart

SVR VNE CHEVTE CAVSEE
PAR VN BELLIER.

SONNET.

Transporté de plaisir comme vn valet de feste,
Ou comme vn qui s'employe à forger vn Cocu,
Ie pensois à CLORIS de qui l'œil m'a vaincu
M'estimant trop heureux de viure en sa conqueste.

Lors que dans l'Arcenal vne puissante beste,
Qui n'a pour mõ malheur que trop long-tẽps vescu,
Me vint publiquement planter dedans le cu
Ce qu'en secret ie plante aux autres sur la teste.

LYCANDRE, que deuins- ie à ce puissant effort?
Soudain ie tombe à terre estourdy demy - mort,
Ruminant en mon cœur mes sainctes patenostres.

Alors dit vn passant riant de mon ennuy,
Faut il qu'vn coup de corne ait fait mourir celuy,
Qui par des coups de corne en fit naistre tant d'au-
tres?

FIN.